LES JOYEUSES HISTOIRES DE NOS PÈRES

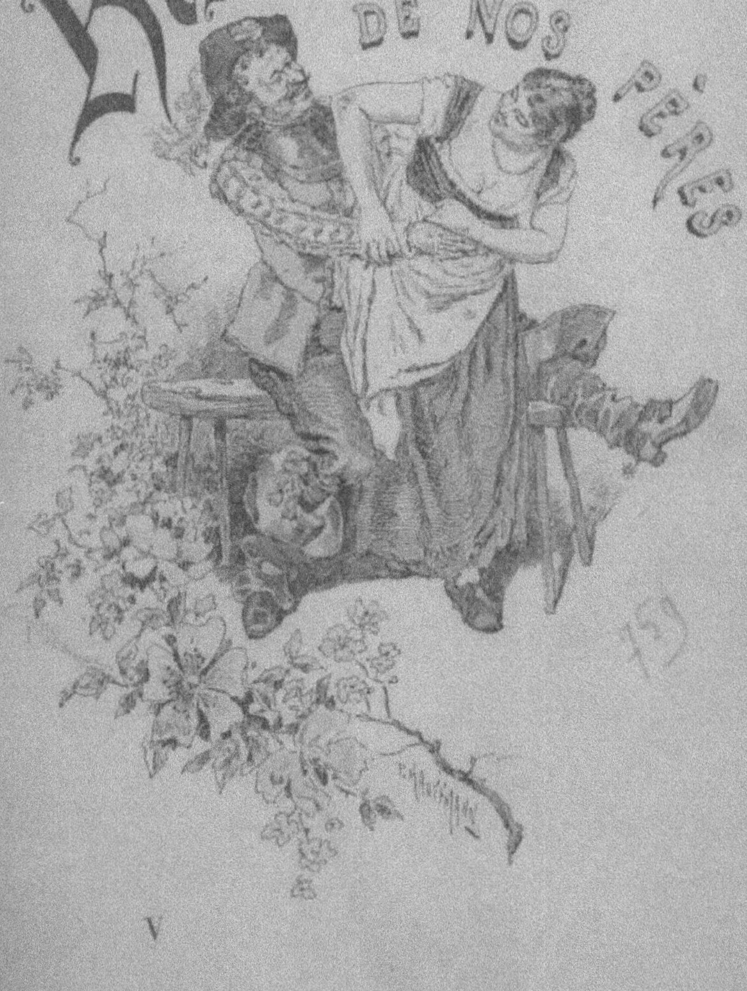

V

LES JOYEUSES

HISTOIRES

DE NOS PÈRES

V

CORBEIL. — IMPRIMERIE É. RENAUDET.

HISTOIRES

DE NOS PÈRES

LES JOYEUSES

HISTOIRES

DE NOS PÈRES

Mieux est de ris que de larmes écrire
Parce que rire est le propre de l'homme

RABELAIS.

V

LE RUISSEAU MIRACULEUX — LE BEL ÉCUYER
— COCUS PRUDENTS — MÉSAVENTURES D'UN CONCIERGE
— AMOUR ET DÉSILLUSION, ETC.

PARIS

CHEZ TOUS LES LIBRAIRES

M.DCCC.LXXXIV

Droits réservés

I

LE RUISSEAU MIRACULEUX

u temps que les Bons-Hommes (c'est-à-dire non les minimes, qui sont trop petits ; et jamais bonté ne se mit en peu de lieu) allaient par le monde, il y eut un saint personnage, qui, passant chemin, se rencontra à Baracé, près de Duretal en Anjou.

Ce personnage, s'étant assez reposé sur le bord de la fontaine, avisa le tard (1) ; donc,

(1) S'aperçut de la tombée de la nuit.

il s'en vint au village, et s'adressa chez Lepage, à la dame du logis, priant ladite dame de le loger, cette nuit-là, pour l'honneur de Dieu. Elle, qui était avaricieuse comme un financier qui a fait ses affaires et n'a point d'enfants, s'excusa, et le pria d'avoir pour agréable son refus, qui ne venait qu'à cause que son mari était chiche et grondeur. Le bonhomme passa outre, et alla droit frapper chez la chambrière de Chiquetière, nommée la Gousson, de laquelle, lui ayant fait la requête, il fut reçu fort honorablement, et bien traité de la pauvre femme, qui le mit en un bon lit, cette bonne femme !

Lui, le matin, se trouvant bien édifié, étant levé et voulant partir, lui dit :

— Madame, je vous remercie bien humblement de tant de bien que vous m'avez fait ; et je vous prie de m'excuser, si vous n'avez autre paiement de moi.

— Ho ! dit-elle, Monsieur, vous avez été le bienvenu ; et vous le serez, toutes les fois qu'il vous plaira de venir céans. Ce n'est

point l'espoir de paiement qui m'a fait vous
recueillir en cette maison, où vous demeurerez,
s'il vous plaît, à votre volonté. Je vous trai-
terai le moins mal que je pourrai, pour
l'amitié du maître que vous servez.

— Madame, je vous rends grâces infinies
de tant de biens et d'amitié : je prie le bon
Dieu qu'il lui plaise de vous bénir, et aussi
que la première besogne que vous ferez aujourd'hui lui soit tant agréable, que vous ne
puissiez tout le jour faire autre chose.

Il partit ; et elle, qui n'y pensait point,
l'ayant recommandé à Dieu, se fit apporter
un peu de lessive qu'elle avait étendue le jour
précédent, et se mit à ployer son linge ; et
tant ploya, et encore tant ploya, que plus
elle ployait, plus il y avait à ployer et ployer ;
et ployait toujours, tellement qu'elle avait de
grands morceaux de toutes sortes de linge,
qui multipliait au toucher de ses mains. Par
hasard, celle qui avait refusé le bonhomme
vint quérir quelque chose chez La Gousson.
La voyant occupée, elle lui dit :

— Hé bien ! m'amie la Gousson, que faites-vous ?

Donc, la Gousson lui conta l'aventure et causa de ce grand bien. L'autre fut bien étonnée et fort triste d'avoir laissé passer une telle commodité ; par quoi, sans faire semblant, elle s'en va, et puis se mit au chemin où elle pensait trouver ce personnage : et suivant, par avis, son train, ayant su en s'enquérant qu'il était allé vers Vieilleville, elle faisait mine de cueillir des herbes pour sa vache. Puis, l'ayant aperçu, elle fait l'étonnée, elle s'approche de lui, et lui dit :

— Monsieur, que je suis aise de vous avoir trouvé ! Que faites-vous ici à vous morfondre ? Endà, le bon Dieu a bien changé mon mari ; et je ne le savais pas. Quand je lui dis hier que je vous avais éconduit, il faillit m'arriver malheur, tant il me tança. Je loue le bon Dieu de son amendement. Je vous prie de ne le prendre point en mauvaise part ; mais de nous faire ce bien, de venir ce soir loger chez nous.

— Bien, Madame ; j'irai, quand j'aurai achevé mon service.

Il n'y manqua, et il fut le bien reçu avec joie et grand'chère, et traité en appariteurs de commodités. Au matin, se retirant, il fit sa petite excuse, à l'usage de besace ; et son hôtesse lui dit :

— Par ma finte ! Monsieur mon ami, je n'en voulais rien faire ; pour Dieu soit, s'il plaît à Dieu ; je n'en veux rien.

— Bien doncques, grand merci, Madame ; je prie Dieu que la première besogne que vous ferez aujourd'hui se continue tant, que vous ne fassiez autre ouvrage de tout le jour.

— Grand merci, Monsieur.

Elle était déjà ennuyée qu'il ne se hâtait, pour aviser à son fait. Aussitôt qu'il eut montré les talons, elle dit à sa servante :

— Or çà, marquise, va là-haut quérir ce linge ; j'en aurai aussi bien que La Gousson. Apporte ces serviettes, ce menu, que je les ploie.

La chambrière ayant tout apporté, voilà

que la Lepage, voulant mettre la main à
l'œuvre, s'avisa d'aller pisser afin de ne plus
se déranger. Ainsi, tout en hâte, elle sort en
sa cour, où elle s'accroupit pour pisser. Mais
ce fut ici une efficace terrible, d'autant qu'elle
commença une pisserie qui continua tout le
jour. Jan ! elle avait dit qu'elle aurait force
linge ; mais elle coula force eaux, et fit ce
ruisseau qui passe au pied des Loges et va
jusqu'aux Indes. Ses amies, la venant voir et
la trouvant ainsi en train de distiller le
dissolvant philosophique, lui demandaient :

— Hé, quoi, ma commère ?

— Hélas ! disait-elle, hélas!

BÉROALDE DE VERVILLE.

II

LE BEL ÉCUYER

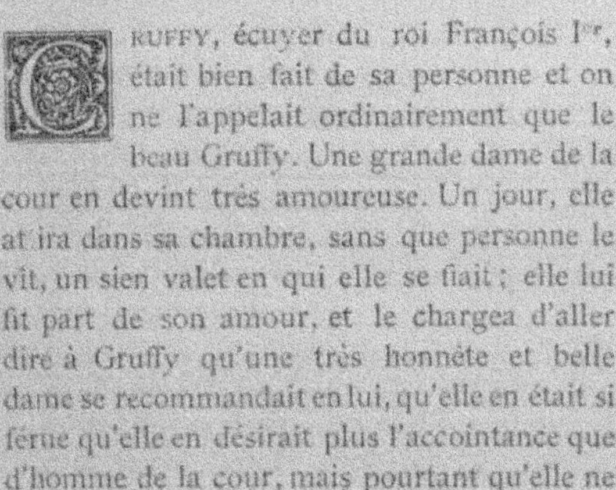

GRUFFY, écuyer du roi François Ier, était bien fait de sa personne et on ne l'appelait ordinairement que le beau Gruffy. Une grande dame de la cour en devint très amoureuse. Un jour, elle attira dans sa chambre, sans que personne le vît, un sien valet en qui elle se fiait ; elle lui fit part de son amour, et le chargea d'aller dire à Gruffy qu'une très honnête et belle dame se recommandait en lui, qu'elle en était si férue qu'elle en désirait plus l'accointance que d'homme de la cour, mais pourtant qu'elle ne

voudrait pour tout le bien au monde se faire
voir ni connaître. Le valet ajouta qu'à l'heure
où chacun de la cour serait retiré, il viendrait
prendre l'écuyer en un certain lieu qu'il lui
dirait, et que, de là, il le mènerait avec cette
dame : seulement, il lui boucherait les yeux
avec un beau mouchoir blanc, comme un
trompette qu'on mène en ville ennemie, afin
qu'il ne pût voir ni reconnaître le lieu ni la
chambre où il le mènerait.

Gruffy promit de se conformer aux termes
de l'assignation. Qui fut en peine et en songe ?
ce fut lui, ayant grand sujet de penser que ce
fût quelque pari de quelque ennemi de cour.
Il songeait aussi quelle dame elle pouvait être,
ou grande, ou moyenne, ou petite, ou belle,
ou laide, ce qui le fâchait, bien que tous chats
soient gris la nuit. Cependant, après en avoir
conféré avec un de ses amis les plus intimes,
il se résolut de tenter le risque, se disant que,
pour l'amour d'une dame qu'il présumait bien
être, il ne fallait rien craindre et appréhender.

Le lendemain, dès que le roi, les reines, les

dames et tous et toutes de la cour se furent
retirés pour se coucher, il ne manqua de se
trouver au lieu que le messager lui avait
assigné, qui ne faillit aussitôt de l'y venir
trouver avec un second, pour l'aider à faire
le guet et veiller si l'autre n'était point suivi
de page, de laquais, de valet ou de gentilhomme. Aussitôt qu'il le vit, il lui dit seulement :

— Allons, Monsieur, madame vous attend.

Soudain, il lui banda les yeux et le mena
par lieux obscurs, étroits et inconnus, de telle
façon que l'autre lui dit franchement qu'il ne
savait là où il le menait ; puis il entra dans
la chambre de la dame qui était si sombre et
si obscure qu'il ne pouvait rien voir ni
connaître non plus que dans un four. Bien la
trouva-t-il, sentant bon, très bien parfumée,
ce qui lui fit espérer quelque chose de bon.
Le valet le fit déshabiller aussitôt, et le mena
ensuite par la main, après lui avoir ôté son
mouchoir, au lit de la dame, qui l'attendait
en bonne dévotion. Il se mit auprès d'elle à la

tâter, l'embrasser, la caresser, et il ne trouva
rien que de très bon et très exquis, tant à sa
peau qu'à son linge et lit très superbe qu'il
tâtonnait avec les mains ; et ainsi passa
joyeusement la nuit avec cette belle dame que
j'ai bien ouï nommer. Pour finir, tout le contenta entièrement, et il connut bien qu'il était
très bien hébergé pour cette nuit ; mais rien
ne le fâchait, disait-il, sinon que jamais il n'en
sut tirer aucune parole. Elle en avait garde,
car il lui parlait assez souvent le jour comme
aux autres dames, et il l'eût par suite reconnue
aussitôt. De folâtreries, de mignardises, de
caresses, d'attouchements, et de toute autre
sorte de démonstrations d'amour et paillar-
dises, elle n'en épargnait aucune : bref, il s'en
trouva bien.

Le lendemain, à la pointe du jour, le
messager ne faillit de venir l'éveiller, et
le lever et habiller, lui bander les yeux et le
ramener au lieu où il l'avait pris, et recom-
mander à Dieu jusque à la prochaine fois, qui
serait bientôt. Le beau Gruffy, après l'avoir

remercié cent fois, lui dit adieu, et aussi qu'il serait toujours prêt à retourner pour si bon marché ; ce qu'il fit, et la fête dura un bon mois, au bout duquel il fallut à Gruffy partir pour son voyage de Naples. Il prit congé de sa dame et lui dit adieu à grand regret, sans tirer d'elle un seul parler, sinon soupirs et larmes qu'il lui sentait couler des yeux.

Tant est-il qu'il partit d'avec elle sans la connaître nullement ni s'en apercevoir. Depuis, cette dame pratiqua la même vie avec deux ou trois autres, se donnant ainsi du bon temps : elle s'accommodait d'autant mieux de cette astuce qu'elle était fort avare, et ainsi, elle n'était sujette à faire de présents à ses serviteurs ; car enfin, toute grande dame pour son honneur doit donner, soit peu ou prou, soit argent, soit bagues ou joyaux, soit riches faveurs ; au lieu que la galante se donnait joie tout en épargnant sa bourse.

BRANTOME.

III

COCUS PRUDENTS

OU INSENSIBLES

N président de Paris, dont on n'a
jamais voulu me dire le nom, ni la
cour dont il était le président, ni
même s'il vivait ou s'il était mort,
tant on avait peur que je ne découvrisse qui
c'est, un président donc fut averti par son
clerc que sa femme couchait avec un cavalier.

— Prenez bien garde à ce que vous dites,
dit-il à ce clerc.

— Monsieur, répondit l'autre, si vous

voulez venir du palais quand je vous irai
quérir, je vous les ferai surprendre ensemble.

En effet, le clerc n'y manque pas, et le
mari entré seul les surprend. Il enferme le
galant dans un cabinet dont il prend la clef et
retourne à son clerc.

— Un tel, lui dit-il, je n'ai trouvé personne ;
voyez-vous même.

Le clerc regarde et ne trouve point son
cavalier.

— Vous êtes un méchant homme, lui dit
le président ; tenez, voilà ce que je vous dois,
allez-vous-en, que je ne vous voie jamais.

Il le met dehors ; après il revient au cavalier :

— Monsieur, c'est ma femme qui a eu tort ;
pour vous, vous chercherez votre fortune,
allez-vous-en ; mais si je vous rattrape, je
vous ferai sauter les fenêtres.

Pour sa femme, quand elle fut seule, il lui
dit qu'il ne savait pas de quoi elle pouvait se
plaindre ; qu'à son avis elle avait toutes les
choses nécessaires. Elle pleura, elle se jeta à

ses pieds, lui demanda pardon, et lui promit d'être à l'avenir la meilleure enfant du monde

Il le lui pardonna et depuis elle lui a rendu tous les devoirs inimaginables.

*
* *

Un conseiller d'État de l'infante Claire-Eugénie avait une belle femme et, quoiqu'ils n'eussent guère de bien, leur maison allait pourtant comme il fallait, et ils faisaient fort bonne chère, car la galante en gagnait.

Cela dura assez longtemps sans que le mari s'informât d'où venait cette abondance. La femme, étonnée d'une si grande stupidité, peu à peu, pour voir s'il s'apercevait de quelque chose, diminua l'ordinaire. Il ne disait rien et faisait semblant de ne le voir pas.

Enfin, elle retrancha tant qu'elle le réduisit à un couple d'œufs. Alors la patience lui échappa ; il prit les deux œufs, et les jeta contre la muraille en disant :

— Est-ce là le dîner d'un cocu ?

Elle, voyant qu'il entendait raillerie, remit dès le lendemain les choses en leur premier état. J'ai ouï faire ce conte d'un Français, et je pense qu'il est de tous pays ; mais il n'en est pas moins bon pour cela.

*
* *

M. Guy, célèbre traiteur à Paris, ne trouvant ni sa femme ni un des principaux garçons une fois qu'il avait bien des gens chez lui, alla fureter partout, et les rencontra aux prises :

— Hé ! vertu-Dieu ! ce dit-il, c'est bien se moquer des gens que de prendre si mal son temps, et ne pouviez-vous pas attendre que nous eussions un peu moins d'affaires ?

TALLEMANT DES RÉAUX.

IV

LES MÉSAVENTURES
D'UN CONCIERGE, DE SA FEMME,
DE QUATRE VOLEURS ET D'UN PÉLERIN

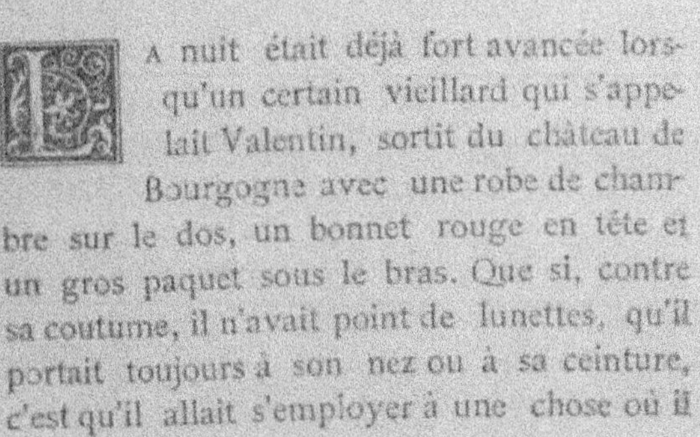

A nuit était déjà fort avancée lorsqu'un certain vieillard qui s'appelait Valentin, sortit du château de
Bourgogne avec une robe de chambre sur le dos, un bonnet rouge en tête et
un gros paquet sous le bras. Que si, contre
sa coutume, il n'avait point de lunettes, qu'il
portait toujours à son nez ou à sa ceinture,
c'est qu'il allait s'employer à une chose où il

ne désirait rien voir, de même qu'il n'eût
voulu être vu de personne. S'il eût fait clair,
il eût même eu peur de son ombre ; si bien
que, ne cherchant que la solitude, il com-
manda à ceux qui étaient restés dans le château qu'ils haussassent le pont-levis ; en quoi
ils obéirent, comment en étant le concierge
d'un grand seigneur auquel il apparte-
nait.

Après s'être déchargé de ce qu'il portait, il
se mit à se promener aux environs, aussi doucement que s'il eût fallu marcher sur des œufs
sans les casser ; et comme il lui sembla que
tout le monde était en repos, jusqu'aux cra-
pauds et aux grenouilles, il descendit dedans
le fossé pour y faire quelque chose qu'il avait
délibéré. Il y avait fait mettre le soir de devant une cuve de la grandeur qu'il la faut à
un homme pour se baigner. Dès qu'il en fut
proche, il ôta tous ses habits, hormis son
pourpoint, et ayant retroussé sa chemise, se
mit dedans l'eau jusqu'au nombril ; puis il en
sortit incontinent, et, ayant battu son fusil, il

alluma une petite bougie, avec laquelle il alla par trois fois autour de la cuve, puis il la jeta dedans, où elle s'éteignit. Il y jeta encore quantité de certaine poudre qu'il tira d'un papier, ayant en la bouche beaucoup de mots barbares et étranges, qu'il ne prononçait pas entièrement, parce qu'il marmottait comme un vieux singe fâché, étant déjà tout transi de froid, encore que l'été fût prêt à venir. Ensuite de ce mystère, il commença de se laver et fut soigneux de se laver par tout le corps sans en rien excepter.

Après être sorti de la cuve, il s'essuya et se revêtit ; toutes ses paroles et tous ses gestes ne témoignèrent rien que de l'allégresse en remontant sur le bord des fossés.

— Voici le plus fort de cette besogne achevée, dit-il, plaise à Dieu que je puisse aussi facilement m'acquitter de celle de mon mariage. Je n'ai plus qu'à faire deux ou trois conjurations à toutes les puissances du monde, et puis tout ce qu'on m'a ordonné sera accompli. Après cela, je verrai si je serai

capable de goûter les douceurs dont la plupart des autres hommes jouissent. Ah ! Lau
rette, dit-il, en se retournant vers le château,
vraiment tu ne me reprocheras plus, les
nuits, que je ne suis propre qu'à ronfler et à
dormir. Mon corps ne sera plus dedans le lit
auprès de toi comme une souche ; désormais
il sera si vigoureux qu'il lassera le tien, et
que tu seras contrainte de me dire, en me re-
poussant doucement avec tes mains : Ah !
mon cœur ! Ah ! ma vie ! c'est assez pour ce
coup. Que je serais aise de t'entendre proférer
de pareilles paroles, au lieu des deux que tu
me tiens ordinairement !

En faisant ce discours, il entra dans un grand
clos plein de toute sorte d'arbres, où il déploya
le paquet qu'il avait apporté de son logis. Il
y avait une longue soutane noire, qu'il vêtit
par-dessus sa robe de chambre, il y avait
aussi un capuchon de campagne, qu'il mit sur
sa tête, et il se couvrit tout le visage d'un
masque de même étoffe qui y était attaché.
En cet équipage, aussi grotesque que s'il eût

eu envie de jouer une farce, il recommença de se servir de son art magique, croyant que par son moyen il viendrait à bout de tous ses desseins.

Il traça sur la terre un cercle dedans une figure triangulaire, avec un bâton dont le bout était ferré, et comme il était prêt à se mettre au milieu, un tremblement le prit par tous les membres, tant il était saisi de peur à la pensée qui lui venait que des démons apparaîtraient bientôt à lui. Il eût fait le signe de la croix, n'eût été que celui qui lui avait enseigné la pratique de ces superstitions, lui avait défendu d'en user en cette occasion, et lui avait appris à dire quelques paroles pour se défendre de tous les assauts que les mauvais esprits pourraient livrer. Le désir passionné qu'il avait de parachever son entreprise, lui faisant mépriser toutes sortes de considérations, le contraignit à la fin de se mettre à genoux dedans ce cercle vers l'occident.

« Vous, démon, qui présidez sur la con-

cupiscence, qui nous emplissez de désirs charnels à votre gré, et qui donnez le moyen de
les accomplir, ce dit-il d'une voix assez forte,
je vous conjure, par l'extrême pouvoir de qui
vous dépendez, et vous prie de m'assister en
tout et partout, et spécialement de me donner
la même vigueur pour les embrassements
qu'un homme peut avoir à trente-cinq ans environ. Si vous le faites, je vous baillerai une telle
récompense que vous serez content de moi. »

Ayant dit cela, il appela par plusieurs fois
Asmodée et puis il se tut en attendant ce qui
arriverait. Un bruit s'éleva en un endroit peu
éloigné ; il ouït des hurlements et des cailloux qui se choquaient l'un contre l'autre, et
un tintamarre qui se faisait comme si l'on eût
frappé les branches des arbres. Ce fut alors
que l'horreur se glissa tout à fait dans son
âme, et j'ose bien affirmer qu'il eût bien
voulu être en sa maison et n'avoir pas entrepris de si périlleuse affaire. Son seul recours
fut de dire ces paroles niaises qu'il avait apprises pour sa défense :

« Oh ! qui que tu sois, grand mâtin qui accours à moi tout ébaudi, la queue levée, pensant avoir trouvé la curée qu'il te faut, retourne-t'en au lieu d'où tu viens, et te contente de manger les savates de ta grand'mère. »

Ces paroles sont fort ridicules, mais celles dont se servent les principaux magiciens ne le sont pas moins, tellement qu'il pouvait bien y ajouter foi. Il se figurait qu'il y avait là-dessous quelque sens mystique caché ; et ayant craché dans sa main, mis son petit doigt dans son oreille, et fait beaucoup d'autres choses qui étaient de la cérémonie, il crut que les plus malicieux esprits du monde étaient plutôt portés de faire sa volonté de point en point qu'à lui méfaire. Incontinent après, il vit un homme à trente pas de lui, lequel il prit pour le diable d'enfer qu'il avait invoqué.

— Valentin, je suis ton ami, lui dit-il ; n'aie aucune crainte ; je ferai en sorte que tu jouiras des plaisirs que tu désires le plus ; mets peine à te bien traiter dorénavant.

Ces propos favorables modifièrent la peur que Valentin avait eue dans l'âme à l'apparition de l'esprit. Enfin comme il fut disparu, sa frayeur s'évanouit entièrement. Un pèlerin, du nom de Francion, lui avait encore ordonné une chose à faire, dont il se souvint, et s'en alla en un endroit désigné pour l'exécuter.

Il lui était avis déjà qu'il embrassait sa belle Laurette ; et parmi l'excès de plaisir qu'il sentait, il ne pouvait se tenir de parler lui tout seul et de lui dire mille joyeusetés, se chatouillant pour se faire rire. Étant arrivé à un orme, il l'entoura de ses bras, comme le pèlerin lui avait conseillé. En cette action, il dit plusieurs oraisons, il se retourna pour embrasser l'arbre par derrière, en disant :

« Il me sera aussi facile d'embrasser ma femme, puisque Dieu le veut, comme d'embrasser cet orme de tous les côtés. »

Mais comme il était en cette posture, il se sentit soudain prendre les mains, et, quoiqu'il tâchât de toute sa force de les retirer, il ne le put faire ; elles furent incontinent liées avec

une corde; et en allongeant son cou, comme
ces marmousets dont la tête ne tient point au
corps, et qu'on élève tant qu'on le veut avec
un petit bâton, il regarda autour de lui pour
voir qui c'était qui lui faisait ce mauvais tour.

Une telle frayeur le surprit qu'au lieu d'un
seul homme qui se glissait vitement entre les
arbres après avoir fait son coup, il croyait
fermement qu'il y en avait cinquante, et, qui
plus est, que c'étaient tous les malins esprits
qui allaient s'égayer à lui faire souffrir toutes
les persécutions dont ils s'aviseraient ; jamais
il n'eut la hardiesse d'appeler quelqu'un à son
secours, parce qu'il s'imaginait que cela lui
était inutile, et qu'il ne pouvait être délivré de
là que par un aide divin, joint qu'il était vrai-
semblable à son opinion que, s'il se plaignait,
les diables impitoyables redoubleraient son
supplice et lui ôteraient l'usage de la voix ou
le transporteraient en quelque lieu désert. Il
ne cessait donc d'agiter son corps aussi bien
que son esprit, et, pour essayer s'il pourrait
sortir de captivité, il se tournait perpétuelle-

ment à l'entour de l'orme ; de sorte qu'il faisait beaucoup de chemin en peu d'espace, et quelquefois il tirait si fort qu'il le pensait rompre ou déraciner.

Ce fut alors qu'il se repentit à loisir d'avoir voulu faire le magicien et qu'il se souvint bien d'avoir ouï dire à son curé qu'il ne faut pas exercer ce métier-là, si l'on ne veut aller bouillir éternellement dedans la marmite d'enfer. Ayant cette pensée, sa seule consolation fut de faire par plusieurs fois de belles et dévotes prières aux saints, n'osant en adresser particulièrement à Dieu, qu'il avait trop offensé. Cependant la belle Laurette, qui était au château, ne dormait pas ; car le bon pèlerin Francion la devait venir trouver cette nuit-là par une échelle de corde qu'elle avait attachée à une fenêtre, et dont elle se promettait bien qu'il lui ferait sentir des douceurs dont son mari n'avait pas seulement la puissance de lui faire apercevoir l'image.

Il faut savoir que quatre voleurs ayant un peu auparavant appris qu'il y avait beaucoup

de riches meubles dedans le château dont
Valentin était concierge, avaient fait vêtir en
fille le plus jeune d'entre eux qui était assez
beau garçon, lui conseillant de chercher le
moyen d'y demeurer quelque temps pour re-
marquer les lieux où tout était enfermé, et
pour tâcher d'en avoir les clefs, afin qu'ils
pussent ravir ce qu'ils voudraient.

Ce voleur, prenant le nom de Catherine,
était donc entré il y avait plus de huit jours
chez Valentin pour lui demander l'aumône, il
lui avait fallu faire accroire qu'il était une
pauvre fille dont le père avait été pendu pour
des crimes faussement imputés et qu'elle n'a-
vait pas voulu demeurer en son pays à cause
que cela l'avait rendue comme infâme. Valentin étant touché de pitié au récit des in-
fortunes controuvées de cette Catherine, et
voyant qu'elle s'offrait de le servir sans
demander des gages, l'avait retirée volontiers
dedans sa maison. Ses services complaisants
et sa façon modeste, qu'elle savait bien garder
en tout temps, lui avaient déjà acquis de telle

sorte la bienveillance de sa maîtresse qu'elle avait eu d'elle la charge du maniement de tout le ménage. On se fiait tant à elle, qu'elle avait beau prendre les clefs de quelque chambre, voire les garder longtemps, sans que l'on craignît qu'elle fît tort de quelque chose et qu'on les lui redemandât.

Le jour précédent, en allant à l'eau à une fontaine hors du village, elle avait rencontré un de ses compagnons qui venait pour savoir de ses nouvelles, pendant que les autres étaient à un bourg prochain, en attendant l'occasion favorable à leur entreprise. Elle lui avait assuré que, s'ils venaient la nuit, ils auraient moyen d'entrer dans le château pour y piller beaucoup de choses qui étaient en sa connaissance, et qu'elle leur jetterait l'échelle de corde qu'un d'eux lui avait baillée en secret, il n'y avait que deux jours. Les trois voleurs n'avaient donc pas manqué à venir à l'heure proposée ; et comme ils furent descendus dans les fossés du château, ils virent descendre une échelle de corde qui était au côté

de la grande porte. L'un d'eux siffla un petit
coup, et on lui répondit de même ; ils regar-
dèrent tous en haut, et aperçurent une femme
à la fenêtre qu'ils prirent pour Catherine,
encore que ce ne fût pas par ce lieu-là qu'elle
leur avait dit de monter.

Il y en avait un, entre eux, appelé Olivier,
qui, touché de quelques remords de conscience,
s'était reconnu depuis peu de jours, et avait
promis à Dieu en lui-même de quitter la
mauvaise vie qu'il menait ; mais ses compagnons ayant affaire de son aide parce qu'au
reste il était fort courageux, n'avaient pas
voulu le laisser partir de leur compagnie, et
l'avaient menacé que, s'il s'en allait sans leur
congé auparavant que d'avoir assisté au vol
du château, ils n'auraient point de repos
qu'ils ne l'eussent mis à mort, quand ce devrait être par trahison. Comme il se vit au
fait et au prendre, il dit derechef aux voleurs
qu'ainsi qu'il ne désirait pas avoir sa part du
butin qu'ils allaient faire, il ne désirait pas
avoir sa part de la peine et du péril. Néan-

moins, lui ayant été reproché qu'il faisait cela
par crainte et par bassesse de courage, il fut
contraint de monter tout le premier à l'échelle
de corde, craignant que ses compagnons ne
le tuassent.

Quand il fut sauté de la fenêtre dedans la
chambre, il fut bien étonné de se voir em-
brassé amoureusement par une femme qui
vint au-devant de lui et qui ne ressemblait en
aucune façon du monde à Catherine. C'était
madame Laurette, qui le prenait pour Francion, parmi l'épaisseur des ténèbres de la
chambre, car elle avait éteint les lumières.

Olivier, connaissant la bonne fortune qui
lui était arrivée, songea qu'il était besoin
d'empêcher que ses compagnons ne vinssent
troubler ses délices. Il quitta soudain Laurette,
pour obéir à la prière qu'elle lui faisait d'ôter
l'échelle ; et, trouvant qu'un de ses compagnons y était déjà attaché, il ne laissa pas de
la tirer à soi jusqu'à moitié, de la lier à un
gond de la fenêtre, par l'endroit où il la tenait.
Le voleur jugeait que, pour cette occasion, il

voulait ainsi lever jusqu'au haut, de sorte
qu'il ne se donnait pas de tourment dans l'esprit; mais il vit qu'il le laissait là, il commença d'avoir quelque soupçon qu'il voulait
lui jouer d'un trait d'infidélité qu'il avait déjà
témoigné. Toutefois il monta par l'échelle
jusqu'à la fenêtre de Laurette; mais Olivier
l'avait fermée tout bellement, de manière que,
n'osant heurter contre, de peur d'être découvert par quelqu'un du château, il lui sembla
nécessaire de descendre. Il se glissa le plus
bas qu'il put le long de la corde, qui n'était
pas assez longue pour le mener jusqu'à terre;
et par hasard, en passant par devant une
fenêtre qui était remparée d'une treillis de fer,
il y demeura attaché par son haut-de-chaus-
ses, qui fut traversé d'un gros barreau pointu,
où il s'empêtra si bien, qu'il lui fut impossible
de s'en tirer.

Sur ces entrefaites, Francion, ne voulant
manquer à l'assignation que sa maîtresse lui
avait donnée, s'étant approché du château, et
ayant vu d'un autre côté Catherine avec une

échelle à une fenêtre, il crut que c'était Laurette. Il fut prompt à monter jusqu'en haut
et se mit à baiser cette servante.

— Qui est-ce? dit-elle. Est-ce toi, Olivier, ou
un autre? Es-tu fol de me faire tant de sottises
en un temps où il nous faut songer diligemment
à nos affaires? Laisse-moi aider à monter tes
compagnons. Crois-tu qu'avec l'habit, j'aie
pris aussi le corps d'une fille?

Francion qui avait déjà connu qu'il se mé-
prenait, en fut encore rendu plus assuré par
ces paroles, qu'il croyait bien n'être pas pro-
férées par la bouche agréable de Laurette. Il
ne chercha guère à chercher ce qu'elles vou-
laient signifier, parce qu'il s'imaginait qu'il
n'y avait point d'intérêt. Il dit seulement à
Catherine, qu'il reconnaissait pour la servante, que sa maîtresse lui avait accordé
qu'il passerait cette nuit-là avec elle, et qu'il
était venu pour jouir d'un si parfait contentement.

Catherine, qui avait autant de finesse qu'il
en faut à une personne qui exerce le métier

dont elle faisait profession, chercha en son esprit des moyens de se défaire de lui, sur l'imagination qu'elle nuirait à son entreprise. De là, de le mener droit à la chambre de sa maîtresse, ainsi qu'il désirait, elle ne le trouva pas fort à propos, d'autant qu'il lui sembla qu'il lui faudrait, possible, qu'elle fût employée à faire la sentinelle ou quelque autre chose à l'heure que ses compagnons viendraient accomplir leur intention. Elle fit donc accroire que Laurette était malade, et qu'elle lui avait donné charge de lui faire savoir qu'il ne pouvait la voir cette fois-là. Francion, très marri de cette aventure, fut forcé alors de reprendre le chemin de l'échelle. Il était au milieu, lorsque Catherine, qui avait une âme méchante et déloyale, voulant se venger de l'obstacle qu'il lui était avis qu'il mettait à ses desseins, donna à ses bras toutes les forces que sa rage pouvait faire accroître, et se mit à secouer la corde pour le faire tomber. Comme il se vit traité de cette façon, après s'être glissé un peu plus bas, il connut bien

qu'il fallait faire le saut, de peur que ses
membres ne fussent froissés en se choquant
contre la muraille. Ses mains quittant donc
la prise de l'échelle, et tout d'une secousse, il
s'élança pour se jeter à terre; mais il fut si
malheureux, qu'il tomba droit dans la cuve
où Valentin s'était baigné, contre les bords de
laquelle il se fit un grand trou à la tête. L'é-
tonnement et l'étourdissement qu'il eut en
cette chute le mirent en un tel état qu'il demeura évanoui, et n'eut pas le soin de s'empêcher d'avaler une grande quantité d'eau,
dont il pensa être noyé. Catherine, qui enten-
dit le bruit qu'il fit en tombant, se réjouit en
elle-même de son infortune, et retira son
échelle quelque temps après, pensant que
ses compagnons ne viendraient pas cette
nuit-là.

Le voleur qui était demeuré à terre, voyant
qu'Olivier, qui était entré dans le château, ne
songeait pas à lui, et que son autre compagnon était attaché en l'air en un lieu dont il
ne pouvait se tirer, n'eut point espérance que

leurs desseins dussent avoir une bonne issue.
Il se figura qu'on trouverait encore ce pendu,
le lendemain, au même lieu, et qu'il n'y avait
rien à gagner à demeurer proche de lui que
la mauvaise fortune de se voir pendre après
d'une autre façon en sa compagnie.

Une certaine curiosité aveugle et conçue
sans aucun sujet le convie à se promener par
tout le fossé avant que d'en sortir. Étant arrivé
à la cuve où était Francion, il voulut voir ce
qui était dedans. Ayant connu que c'était un
homme, il le tira et le mit la tête hors de
l'eau; puis, étant poussé par le désir de ren-
contrer de la proie, lequel il ne quittait jamais,
il fouilla dedans ses pochettes, où il trouva
une bourse à demi pleine de quarts d'écus et
d'autre monnaie, avec une bague dont la
pierre avait un éclat si vif, que l'on apercevait
sa beauté malgré les ténèbres. Cette bonne
rencontre lui bailla de la consolation pour
tous les ennuis qu'il pouvait avoir, et sans
se soucier si celui qu'il dérobait était mort
ou vivant, ni qui l'avait mis en ce lieu-là,

il s'en alla où le destin le voulut conduire.

Olivier, qui avait en sa main un butin bien plus inestimable que celui de cet autre voleur, tâcha d'en jouir parfaitement, dès qu'il eut fermé les fenêtres de la chambre par lesquelles il eût pu entrer quelque clarté qui l'eût découvert. Laurette, avec une mignardise affectée, s'était recouchée négligemment sur son lit, en attendant son champion qui dressa son escarmouche sans parler autrement que par des baisers. Après que ce premier assaut fut donné, la belle, à qui l'excès du plaisir avait auparavant interdit la parole, en prit soudainement l'usage, et dit à Olivier, en mettant son bras à l'entour de son cou, le baisant à la joue, aux yeux et en toutes les autres parties du visage :

— Cher Francion, que ta conversation est bien plus douce que celle de ce vieillard radoteur avec qui j'ai été contrainte de me marier ! Que les charmes de ton mérite sont grands ! Que je m'estime heureuse d'avoir été si clairvoyante que d'en être éprise ! Aussi jamais

ne sortirai-je d'une si précieuse chaîne. Tu ne
parles point, mon âme, continua-t-elle avec
un baiser plus ardent que les premiers ; est-
ce que ma compagnie ne t'est pas aussi agréable que la tienne l'est à moi? Hélas ! S'il en
était ainsi, je porterais bien la peine de mes
imperfections.

Là-dessus, s'étant tue quelque temps, elle
reprit un autre discours :

— Ah ! vraiment, j'ai été bien sotte tantôt
d'éteindre la chandelle ; car qu'est-ce que je
crains ? Ce vieillard est sorti de céans afin
d'aller, je pense, se servir des remèdes que tu
lui as appris pour guérir ses maux incurables.
Il faut que je commande à Catherine qu'elle
apporte de la lumière : je ne suis pas absolu-
ment de l'opinion de ceux qui assurent que
les mystères de l'amour se doivent faire en
ténèbres ; je sais bien que la vue de notre
objet ranime tous nos désirs. Et puis, je ne le
cèle point, ma chère vie, je serais bien aise de
voir l'émeraude que tu as promis de m'apporter ; je pense, tu as tant de soin de me

complaire, que tu ne l'as pas oubliée. L'as-tu ?
Dis-moi en vérité.

Rien ne pouvait garantir Olivier de se découvrir alors, se voyant conjuré par tant de
fois de parler, comme s'il eût été Francion.
Mais, songeant bien que Laurette pourrait
se courroucer excessivement, connaissant
qu'elle avait été déçue, il proposa de chercher
tous les moyens de l'apaiser. Il se tira de
dessus le lit, et comme il avait assez bon esprit, s'étant mis à genoux devant elle, il lui
dit :

— Madame, je suis infiniment marri que
vous soyez trompée comme vous l'êtes, me
prenant pour votre ami. Véritablement, si vos
caresses n'eussent échauffé mon désir, je ne
me fusse pas porté si librement dans le crime
que j'ai commis. Prenez de moi telle vengeance
qu'il vous plaira ; je sais bien que ma vie et
ma mort sont entre vos mains.

La voix d'Olivier, bien différente de celle
de Francion, fit connaître à Laurette qu'elle
s'était abusée. La honte et le dépit la saisi-

rent tellement, que, si elle n'eût considéré que
l'on ne pouvait faire que ce qui avait été fait
ne le fût point, elle se fût par aventure portée
à d'étranges extrémités. Le plus doux remède
qu'elle sut appliquer sur son mal, et celui qui
eut de plus remarquables effets, fut de consi-
dérer que celui qu'elle avait pris pour Francion, lui avait fait goûter des délices qu'elle
n'eût pas, possible, trouvé plus savoureuses
avec Francion même, et dont elle ne pouvait
se repentir d'avoir joui.

Toutefois, elle feignit qu'elle n'était guère
contente et demanda à Olivier avec une parole rude qui il était. Voyant qu'il ne lui
répondait point à ce premier coup, elle lui
dit :

— O méchant! n'es-tu pas un des valets
de Francion? N'as-tu pas tué ton maître pour
venir ici au lieu de lui ?

— Madame, dit Olivier, en se tenant toujours à terre, je vous assure que je ne connais
das le Francion dont vous me parlez. De vous
dire qui je suis, je le ferai librement, moyen-

nant que vous me promettiez que vous ajou-
terez foi à tout ce que je vous dirai, de même
que je vous promets de ne vous conter rien
que de véritable.

— Va, je te le promets sur ma foi, dit
Laurette.

— Vous avez une servante qui s'appelle
Catherine, poursuivit Olivier, sachez qu'elle
est en partie cause de l'aventure qui est arrivée. Je m'en vais vous apprendre comment.
Vous croyez que ce soit une fille ; véritablement, vous êtes bien déçue, car c'est un garçon qui s'est ainsi déguisé, afin de donner
céans entrée à des voleurs. Il avait promis de
jeter cette nuit une échelle de corde par une
fenêtre pour les faire monter. La débauche de
ma jeunesse m'avait fait sortir de la maison
de mon père pour me mettre en la compagnie
de ces larrons-là ; mais je me délibérai, il y a
quelques jours, de quitter leur misérable train
de vie. Nonobstant, ayant trouvé l'échelle
que vous aviez jetée pour votre Francion, et
que je prenais pour celle de Catherine, il m'a

fallu y monter, étant en délibération toutefois, non pas d'assister au vol, mais de chercher quelqu'un ici à qui je pusse découvrir la mauvaise volonté de mes compagnons, pour les empêcher d'exécuter leur entreprise. Qu'ainsi ne soit, Madame, prenez la peine de regarder par quelque fenêtre, vous verrez un voleur pendu à l'échelle de corde, que je n'ai qu'à demi tirée. C'est une chose bien claire que, si j'étais de ce complot, je ne l'eusse point traité de la sorte.

Laurette, étonnée de ce qu'elle venait d'apprendre, s'en alla regarder par une petite fenêtre, et vit qu'Olivier ne mentait point. Elle ne lui demanda pas d'autres preuves de son innocence, et, voulant savoir ce que faisait alors Catherine, elle l'appela pour lui apporter de la lumière, après avoir fait cacher Olivier à la ruelle de son lit.

Catherine, étant venue aussitôt avec la chandelle allumée, et voyant le beau sein de Laurette tout découvert, fut chatouillée de désirs un peu plus ardents que ceux qui eussent

pu émouvoir une personne de sa robe. L'ab-
sence de son maître et la bonne humeur où il
était avis qu'était sa maîtresse lui semblèrent
favorables, car Laurette cachait la haine
qu'elle venait de concevoir contre elle sous
un bon visage et avec des paroles gail-
lardes.

— D'où viens-tu ? lui dit-elle. Quoi ! Tu
n'es pas encore déshabillée, et il est si tard !

— Je vous jure, Madame, que je ne saurais
dormir, répondit Catherine : j'ai toujours
peur des esprits ou des larrons, parce que
vous me faites coucher en un lieu trop éloigné de tout le monde : voilà pourquoi je ne
me déshabille guère souvent, afin que, s'il
m'arrive quelque chose, je ne sois pas contrainte de m'en venir toute nue demander du
secours. Mais vous, Madame, est-il possible
que vous puissiez demeurer sans aucune
crainte? Mon Dieu, je vous supplie que je
passe ici la nuit, puisque monsieur n'y est
pas. Je dormirai mieux sur cette chaise que
sur mon lit et je ne vous incommoderai point.

Car, au contraire, je vous y servirai beaucoup, en vous donnant incontinent tout ce qui vous sera nécessaire.

— Non, non, dit Laurette, retourne-t'en en ta chambre, je n'ai que faire de toi, et puisque j'ai de la lumière, je n'aurai plus de crainte. Ce n'est pas dans les ténèbres que je m'imagine, en veillant, de voir tantôt un chien, tantôt un homme noir, et tantôt un autre fantôme encore plus effroyable.

— Mais vraiment, interrompit Catherine, en faisant la rieuse, vous avez un mari bien dénaturé. Eh ! Dieu ! comment est-ce qu'il s'est pu résoudre à vous quitter cette nuit-ci, ainsi qu'il a fait ? Où est-il donc ? Est-il allé prendre des grenouilles à la pipée ? Pour moi je vous confesse que, toute fille que je suis, je me trouve plus capable de vous aimer que lui

— Allez, allez, vous êtes une sotte, dit Laurette ; quoi ! les premiers jours que vous avez été céans, vous avez bien fait l'hypocrite ; à qui se fiera-t-on désormais ?

— Ce que je dis n'est-il pas vrai? reprit Catherine. Eh! que serait-ce si je vous avais montré par effet que Valentin ne peut pas mieux que moi vous rendre contente? Vous auriez bien de l'étonnement.

— Vraiment, voilà de beaux discours pour une fille, dit Laurette. Allez, m'amie, vous êtes la plus effrontée du monde ou vous vous êtes enivrée ce soir; retirez-vous que je ne vous voie plus. Que c'est une chose fâcheuse que ces gens-ci! Autant de serviteurs, autant d'ennemis; mais quoi, c'est un mal nécessaire.

Catherine, qui était entrée en humeur, ne se souciant pas de l'opinion que sa maîtresse pourrait avoir sur elle, s'en approcha pour la baiser et lui faire voir après qu'elle ne s'était vantée d'aucune chose qu'elle n'eût moyen d'accomplir. Elle s'imaginait qu'aussitôt qu'elle aurait montré à Laurette ce qu'elle était, elle concevrait de la bienveillance pour elle et ne chercherait que les moyens de la

souvent tenir entre ses bras. Mais Laurette,
sachant bien ce qu'elle savait faire, l'empêcha
de parvenir au but de ses desseins, et la poussa
hors de sa chambre, en lui donnant deux ou
trois coups de poing et lui disant force injures.

Tout leur discours avait été entendu d'Olivier, qui sortit de la ruelle, et dit à Laurette
qu'elle avait bien pu connaître, par les paroles
et par les actions de Catherine, qu'elle n'était
pas ce qui lui avait toujours semblé. Laurette,
reconnaissant cette vérité apparente, lui dit
qu'elle voulait mettre ordre à cette aven-
ture-là; qu'elle voulait empêcher que Catherine ne fît entrer les voleurs dans le château cependant qu'on n'y songerait pas, et
qu'elle désirait aussi la punir de ses méchan-
cetés.

— Avisez, Madame, ce qu'il est besoin de
faire, dit Olivier, je vous assisterai en tout et
partout.

— Je m'en vais trouver Catherine, répliqua
Laurette ; suivez-moi seulement de loin, venez

lorsque je vous ferai quelque signe afin de la lier avec des cordes que vous porterez avec vous.

Laurette, ayant dit cela, prit la chandelle, et s'en alla jusque en la chambre de la servante.

— Viens-t'en avec moi dans la salle basse, lui dit-elle, porte la lumière.

— Pourquoi faire, Madame, répondit Catherine.

— De quoi te soucies-tu ? répliqua Laurette, tu verras quand tu y seras.

Quand elles furent entrées dans la salle, Laurette dit à Catherine :

— Ouvre la fenêtre et monte dessus pour voir ce que c'est qui est attaché au haut de la grille et qui remue à tous moments ; cela m'a mise en peine tout à l'heure en y regardant de là-haut. Or, c'était le voleur, qui était demeuré attaché.

Catherine, qui n'en savait rien, après avoir eu la témérité de toucher en bouffonnant les tetons de sa maîtresse, mit le pied

sur un placet, et de là sur la fenêtre où elle ne
fut pas plutôt qu'Olivier, qui attendait à la
porte, s'approcha, au signe que fit Laurette,
laquelle, ayant pris une grande chaise, monta
dessus et empoigna fermement sa servante,
tandis que, d'un autre côté, Olivier lui liait les
bras par derrière à la croisée.

— Ce n'est pas tout, dit Laurette en riant,
lorsqu'elle se vit assurée de sa personne, il
faut voir si elle est ce qu'elle s'est vantée
d'être.

En disant cela, elle lui retroussa la cotte et
la chemise, et les lui attacha tout au-dessous
du cou avec une aiguillette ; Olivier commença
alors à s'en gausser, tellement que son compagnon et Catherine le reconnurent à sa
parole.

— Ah ! dit l'un, je t'en supplie de m'aider à
m'ôter d'ici ; car voilà le jour qui vient, et si
l'on me trouve en cet état, je te laisse à juger
ce qui en arrivera.

— Je ne saurais te secourir, répondit Olivier,
car il y a une grille de fer entre nous deux.

Ma foi, tu fais bien de ne vouloir plus te tenir davantage en l'air, car c'est un élément qui t'est tout à fait contraire, et tu ne mourras jamais autre part ; c'est ta prédestination.

— Tu nous as donc trahis? interrompit Catherine. Perfide ! Si je tenais ton cœur, je le dévorerais maintenant.

— Ne parle point de tenir, lui répondit Olivier, car tu ne peux plus jouir de tes mains.

— Laissons-les là, dit Laurette ; qu'ils se plaignent tout leur soûl, personne ne viendra à leur secours.

Ayant tenu ce discours, elle convia Olivier de remonter en sa chambre, où ils ne furent pas sitôt qu'il fut ravi de cette beauté qu'il ne pensait pas être si merveilleuse qu'elle était lorsqu'il en avait joui sans lumière. L'ayant considérée attentivement, il prit la hardiesse de cueillir sur sa lèvre quelques baisers qui ne lui furent pas refusés, parce que Laurette, le trouvant de bonne mine, n'était pas fâchée qu'il recommençât le jeu où il avait déjà montré qu'il était des plus savants. Lui, qui lisait ses intentions dedans ses yeux mouvants et lascifs, ne laissa pas échapper la favorable occasion qu'il avait de tâter de rechef d'un si friand morceau.

Quand Laurette vit que le soleil était levé, se figurant que son mari ne tarderait plus guère à venir, elle pria Olivier de se cacher dedans le foin de l'écurie jusques à temps que, le pont-levis étant abaissé, il eût le moyen de s'en aller. Après qu'il lui eut dit adieu, et qu'il eut donné une infinité d'assurances de se souvenir toujours d'elle, il s'accorda à se mettre en tel endroit qu'elle voulut, et la laissa retourner en sa chambre, où elle s'enferma, en attendant le succès de l'aventure de Catherine.

Il était, ce jour-là, dimanche, et trois jeunes rustres du village s'étant levés du matin pour aller à la première messe, le curé ne fut pas assez matineux à leur gré. En attendant qu'il fût sorti du presbytère, ils s'en allèrent promener à l'entour du château, où ils aperçu-

rent aussitôt le voleur se tenant d'une main à
l'échelle de corde et de l'autre à la grille de
fer. Ils virent aussi Catherine toute découverte
jusqu'au-dessus du nombril, et la prirent
pour une hermaphrodite. Ils s'éclatèrent de
rire si fort, que tout le village en retentit ; de
sorte que le curé, en boutonnant encore son
pourpoint, sortit pour voir ce qui leur était
arrivé de plaisant. Leur émotion était si
grande, qu'ils ne se pouvaient presque plus
soutenir, et ne faisaient autre chose que de
joindre les mains, que se courber le corps en
cent postures, et se heurter l'un contre l'autre,
comme s'ils n'eussent pas été bien sages.

Le bon pasteur, ne jetant les yeux que sur
eux, ne voyait pas la cause de leur risée et ne
cessait de la leur demander, sans pouvoir tirer
de réponse d'eux, car il leur était impossible
de parler, tant ils étaient saisis d'allégresse.
Enfin le curé, en tirant un par le bras, lui
dit :

— Eh ! viens çà, Pierrot ; ne veux-tu pas
me conter ce que tu as à rire ?

Alors ce compagnon, se tenant les côtés, lui dit à plusieurs fois qu'il regardât à l'une des fenêtres du château. Le curé, levant la vue vers ce lieu, aperçut ce qui les émouvait à tenir cette sotte contenance, et n'en jeta qu'un éclat de risée fort modéré, pour faire le sérieux et le modeste.

— Vous êtes de vrais badauds, dit-il, de faire les actions que vous faites pour si peu de chose ; l'on connaît bien que vous n'avez jamais rien vu, puisque le moindre objet du monde vous incite à rire si démesurément que vous semblez insensés. Je ris quant à moi, mais c'est de votre sottise : que savez-vous si ce que vous voyez n'est point un sujet qui devrait vous inciter des larmes ? Nous saurons tantôt du seigneur Valentin ce que ceci veut dire et quels jeux l'on a joués cette nuit dans sa maison.

Comme le curé achevait ces images, il arriva près de lui beaucoup de paysans qui, étonnés de ce merveilleux spectacle, interrogèrent le voleur et Catherine, qui les avait

mis là ; mais ils n'en surent tirer de réponse.
Les pauvres gens baissaient honteusement la
tête, et il n'y eut que le voleur qui dit à la fin
qu'on le tirât du lieu où il était, et qu'il con-
terait tout de point en point. Le curé dit à
ceux qui l'accompagnaient qu'il fallait avoir
patience que Valentin eût ouvert le château,
et il y en eut qui tournèrent à l'entour, afin de
voir s'il n'y avait point quelqu'un à la fenêtre
pour l'appeler. Une plaintive voix parvint à
leurs oreilles, du creux du fossé qu'ils cô-
toyaient ; ils jetèrent leurs yeux en bas,
et aperçurent la cuve d'où il n'y avait pas
longtemps que Francion était sorti, après être
revenu de pâmoison. Il s'était senti si faible,
qu'il avait eu beaucoup de peine à se retirer
d'un si mauvais lieu, tellement qu'il était
couché auprès pour se reposer. Comme les
paysans le virent tout en sang, ils descen-
dirent vers lui, et l'un d'eux s'écria :

— Miséricorde ! c'est mon hôte, ce dévôt
pèlerin qui demeure en ma maison depuis quelques jours. Mon cher ami, reprit-il, en se

tournant vers lui, qui ont été les traîtres qui
vous ont si mal accoutré ?

— Otez-moi d'ici, repartit Francion, se-
courez-moi, mes amis, je ne puis maintenant
vous rendre satisfaits sur ce que vous me de-
mandez.

Quand il eut dit ces paroles, les villageois
le retirèrent de là, et comme ils le portaient à
son hôtellerie, ils rencontrèrent un de ses
valets qui fut bien étonné de le voir en l'équipage où il était. Ce qu'il trouva de plus
expédient, fut d'aller quérir un barbier, qui
arriva comme l'on dépouillait son maître
auprès du feu pour le mettre au lit. Il vit sa
plaie qui ne lui sembla pas fort dangereuse,
et, ayant mis dessus un premier appareil, il
assura qu'elle serait guérie en peu de temps.

Tandis, tous les habitants du village s'as-
semblèrent devant le château pour voir le
soudain changement d'une fille en garçon.
Ceux qui avaient déjà pris leur plaisir de cette
drôlerie s'en allaient dire à leurs voisins qu'ils
s'en vinssent à la grande place, et qu'ils n'y

auraient pas peu de contentement. Le bon fut
que les femmes, qui ont plus de curiosité que
les hommes, et principalement en ce qui est
d'une plaisante aventure, voulurent savoir ce
que c'était que son mari avait vu. Elles s'en
allèrent en troupe jusqu'au château où elles
ne furent pas sitôt, qu'ayant aperçu Catherine, elles s'en retournèrent plus vite qu'elles
n'étaient venues. Celles qui étaient de belle
humeur riaient comme des folles, et les autres, qui étaient chagrines, ne faisaient que
gronder, s'imaginant que tout avait été pré-
paré à leur sujet pour se moquer d'elles.

— C'est bien en un jour de dimanche qu'il
faut faire de telles badineries, disait l'une ;
encore si l'on attendait après le service, cela
serait plus à propos à carême prenant. Oh !
Ce monde va périr sans doute : tous les
hommes sont autant d'Antéchrists.

— Ne vous enfuyez pas, ma commère, dit
un bon compagnon ; venez voir la servante
de Valentin, elle montre tout ce qu'elle porte.

— Le diable y ait part ! lui répondit-elle.

— Sur mon Dieu, lui répliqua-t-il, vous avez beau faire la dédaigneuse, vous aimeriez mieux y avoir part que le diable.

— Va, va, lui dit une autre bien résolue, nous ne voulons pas seulement avoir part à un morceau; nous le voulons avoir tout entier.

— Je le sais bien, dit le rustre; vous ne vous entuyez de ce joyau que l'on vous a fait voir que parce qu'il est trop loin de vous : il y a un fossé et une grille entre deux; et puis vous aimez mieux le manier que le regarder.

— Merci Dieu, lui dit la femme en se courrouçant, si tu m'échauffes une fois les oreilles, je manierai le tien de telle façon que je te l'arracherai et le jetterai aux chiens.

Ainsi les femmes eurent plusieurs brocards; mais je vous assure qu'elles rendirent bien le change. Au moins si elles ne jetèrent de traits aussi piquants, elles dirent tant de paroles et tant d'injures, et se mirent à crier si haut toutes ensemble, qu'ayant étourdi tous les hommes, elles les contraignirent d'aban donner le champ de bataille, comme s'ils se fussent confessés vaincus.

Quelques villageois, s'éloignant du reste de la troupe, s'en allèrent à cette heure-là près du clos où était Valentin, qu'ils ouïrent crier à haute voix. Ils s'approchèrent du lieu où ils l'avaient entendu, ne croyant pas que ce fût lui. Ils furent infiniment étonnés de voir cet épouvantail, couvert d'habillements extraordinaires, attaché à un arbre. En se tempêtant la nuit, son capuchon lui était tombé sur les yeux, de telle sorte qu'il ne voyait goutte et ne savait s'il était déjà jour. Au défaut de ses mains, il avait fort secoué la tête pour le rejeter en arrière, mais toute peine qu'il avait prise avait été inutile. Il ne voyait pas les paysans et oyait seulement le bruit qu'ils faisaient en se gaussant de cet objet qui se présentait à leurs yeux, non moins plaisant que celui qu'ils venaient de voir en la grande place.

L'opinion qu'il avait eue toute la nuit que les démons s'apprêtaient à le tourmenter, lui donna alors de plus vives atteintes que la première fois ; car il s'imagina que c'étaient eux qui s'approchaient et commença d'user des remèdes que Francion lui avait appris pour les chasser. Les paysans le reconnurent alors à sa voix, et, entendant les niaiseries qu'il disait et considérant l'état où il était, ils crurent fermement qu'il avait perdu l'esprit, et, s'étouffant de rire, s'en retournèrent vers le curé, pour lui conter ce qu'ils avaient vu.

— Sans doute, dit-il, voici la journée des merveilles : je prie Dieu que tout ceci ne se tourne pas au dommage des gens de bien.

Lorsqu'il fut à l'entrée du clos, apercevant déjà Valentin entre les arbres, il lui dit :

— Est-ce donc vous, Monsieur, mon cher ami ? Eh ! qui est ce qui vous a mis là ?

Valentin, oyant la voix de son pasteur, modéra un peu sa crainte, parce qu'il vint à se figurer que les plus méchants diables qui fussent en enfer ne seraient pas si téméraires que de s'approcher de lui, puisqu'une personne sacrée était en ce lieu.

— Hélas ! Monsieur, répondit-il, ce sont
des démons qui m'ont attaché ici, et m'ont
livré des assauts plus furieux que tous ceux
dont ils ont jadis persécuté les saints ermites.

— Mais comment, dit le curé, n'avez-vous
point couché cette nuit ? Vous ont-ils porté
en ce lieu sans que vous ayez senti quelque
chose ? Ne sont-ce point des hommes même
qui vous ont accommodé de la sorte ?

Valentin ne dit plus mot alors, parce qu'il
songea que celui qui lui parlait pouvait être
un démon qui avait pris une voix pareille à
celle de son curé pour le tromper ; car il avait
lu que les mauvais esprits se transforment
bien quelquefois en anges de lumière. Cela fit
qu'il recommença ses conjurations, et qu'il
dit à la fin :

— Je ne veux point parler à toi, prince des
ténèbres ; je te reconnais bien : tu n'es pas
mon curé, dont tu imites la parole.

— Je vous montrerai bien qui je suis, dit
le curé, en lui ôtant le capuchon. Eh quoi !
sire Valentin, avez-vous perdu le jugement.

pour croire que tous ceux qui parlent à vous
sont des esprits ? Pourquoi vous forgez-vous
ces imaginations ? Faut-il que je vous mette
au nombre de mes ouailles égarées ?

Valentin, jouissant de la clarté du jour,
reconnut que tous ceux qui étaient autour de
lui étaient de son village, et perdit tout à fait
les mauvaises opinions qu'il avait conçues,
quand il vit qu'ils se mettaient à le délier.

Le curé voulut savoir de lui par quel moyen
il avait été mis là. Il fut contraint de raconter
les enchantements que lui avait appris
Francion, et de dire aussi pour quel sujet il
les avait voulu entreprendre. Quelques mauvais garçons, en ayant entendu l'histoire, s'en
allèrent le publier partout à son infamie ; si
bien qu'encore aujourd'hui l'on s'en souvient.

Après que le bon curé eut fait quelques
réprimandes à son paroissien, sur la perni-
cieuse curiosité qu'il avait eue, il le mena voir
le plaisant spectacle qui était au château, dont
Valentin, aussi étonné que les autres, ne put
rendre aucune raison. A l'instant un homme

de bonne conversation et de gentil esprit, se
trouvant là, dit :

— Vous voilà bien empêchés, Messieurs,
vous ne pouvez imaginer la cause de ce que
vous voyez : je m'en vais vous le dire en trois
mots : ce compagnon, que vous voyez
pendre à l'échelle, était amoureux de Catherine : il la voulait aller voir sans doute ; mais,
pour lui montrer qu'il perdait ses peines, elle
lui a relevé son vêtement, lui faisant connaître qu'elle n'était pas ce qu'il pensait.
Tenez, il est demeuré là en contemplation,
tout éperdu.

Cette ingénieuse imagination plut infiniment à la compagnie, qui pensa qu'elle saurait
bientôt des choses plus véritables, d'autant
que les valets de Valentin ouvrirent à l'heure
le château ; mais ils entrèrent en admiration
aussi grande de voir tout le mystère que s'ils
n'eussent point été du logis.

L'on eut bientôt détaché le voleur et Catherine, et l'on ne manqua pas à leur demander
des nouvelles de leur affaire, vu que personne

n'en pouvait rien dire. Le péril où ils étaient les avait fait résoudre à ne point répondre à toutes ces interrogations, sachant bien que leur cause était si chatouilleuse, qu'ils l'empireraient plutôt en parlant que de l'amender. L'on eut beau dire à Catherine par plusieurs fois : Pour quelle occasion est-ce qu'étant garçon, vous avez pris l'habit de fille ? jamais l'on, n'en put tirer de raison.

Laurette, étant descendue, fit l'étonnée au récit de cette aventure, et s'étant retirée petit à petit à la cour, pendant que tout le monde était dans la salle, elle s'en alla trouver celui avec qui elle avait passé la nuit, et, lui ayant de rechef dit adieu, le fit déloger promptement.

Le juge du lieu arriva là-dessus, ne désirant pas que rien se passât, sans qu'il en fit son profit. Il voulut persuader à Valentin qu'il fallait faire des informations ; que le dessein de Catherine et de son camarade ne pouvait être bon, et qu'ils avaient entrepris de voler son bien ou son honneur. Mais Valentin, qui asvait bien ce que c'était que de passer entre

les mains ravissantes de la justice, ne voulut
raire aucune instance, parce qu'il ne trouvait
pas de manque à son bien. Tout ce qu'il dési-
fait était de savoir par quel accident ces per-
sonnes-là avaient été attachées à sa fenêtre.
Quant au procureur fiscal, il ne voulut point
faire de poursuite, d'autant qu'il voyait bien
qu'il n'y avait rien à gagner : et puis les parties ne parlaient point, et, qui plus est, on ne
pouvait point trouver de preuves contre elles.

Après que la messe fut dite, l'on donna
congé à ces pauvres gens de s'en aller où ils
voudraient ; et je vous assure que deux ou
trois lieues durant, ils furent poursuivis de
tant de personnes qui leur firent souffrir tant
de martyre, qu'il n'est point de punition
plus rigoureuse que celle qu'ils eurent.

Voilà comment ceux qui ont l'inclination
portée au mal ne réussissent jamais bien dans
leurs desseins, et reçoivent le salaire telqu' ls
le méritent ; tout ce que nous avons vu jusqu'ici nous l'enseigne. Valentin, qui se voulait
servir de la science noire et diabolique, a été

moqué de tout le monde, et ceux qui se vou-
laient enrichir par leurs larcins ne l'ont pas
su faire et ont été tourmentés merveilleu-
sement. Quant à Laurette qui faisait un faux-
bond à son honneur, elle n'est pas punie sur
l'heure; mais ce qui est différé n'est pas perdu.
Pour ce qui est de Francion, il eut assez de
mal pour sa vicieuse entreprise; néanmoins,
comme il était fort résolu, il souffrit tout cela
plus patiemment que les autres.

CHARLES DE SOREL, sieur de Souvigny.

V

AMOUR ET DÉSILLUSION

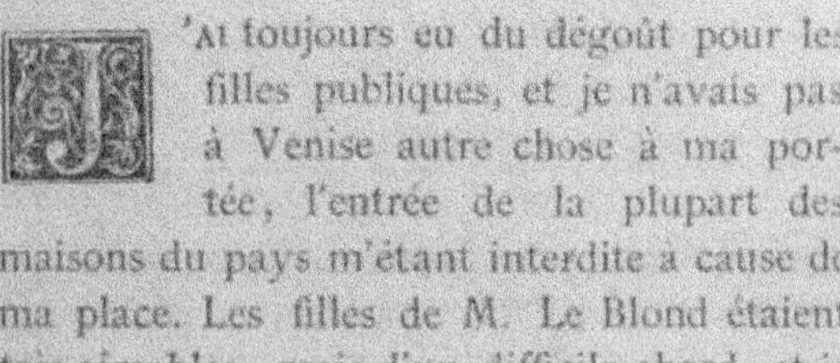

'AI toujours eu du dégoût pour les filles publiques, et je n'avais pas à Venise autre chose à ma portée, l'entrée de la plupart des maisons du pays m'étant interdite à cause de ma place. Les filles de M. Le Blond étaient très aimables, mais d'un difficile abord, et je considérais trop le père et la mère pour penser même à les convoiter.

J'aurais eu plus de goût pour une jeune personne appelée mademoiselle de Cataneo,

fille de l'agent du roi de Prusse ; mais Carrio
était amoureux d'elle, il a même été question
de mariage. Il était à son aise, et je n'avais
rien ; il avait cent louis d'appointements, je
n'avais que cent pistoles ; et, outre que je ne
voulais pas aller sur les brisées d'un ami, je
savais que partout, et surtout à Venise, avec
une bourse aussi mal garnie on ne doit pas
se mêler de faire le galant. Je n'avais pas
perdu l'habitude de donner le change à mes
besoins ; trop occupé pour sentir vivement
ceux que le climat donne, je vécus près d'un
an dans cette ville aussi sage que j'avais fait à
Paris, et j'en suis parti au bout de dix-huit
mois sans avoir approché du sexe que deux
seules fois par les singulières occasions que je
vais vous dire.

La première me fut procurée par l'honnête
gentilhomme Vitali, quelque temps après
l'excuse que je l'obligeai de me demander
dans toutes les formes. On parlait à table des
amusements de Venise. Ces messieurs me re-
prochaient mon indifférence pour le plus p

quant de tous, vantant la gentillesse des cour-
tisanes vénitiennes, et disant qu'il n'y en avait
point au monde qui les valussent. Dominique
dit qu'il fallait que je fisse connaissance avec
la plus aimable de toutes ; qu'il voulait m'y
mener, et que j'en serais content. Je me mis à
rire de cette offre obligeante ; et le comte
Peati, homme déjà vieux et vénérable, dit
avec plus de franchise que je n'en aurais at-
tendu d'un Italien qu'il me croyait trop sage
pour me laisser mener chez des filles par mon
ennemi. Je n'en avais en effet ni l'intention ni
la tentation, et malgré cela, par une de ces
inconséquences que j'ai peine à comprendre
moi-même, je finis par me laisser entraîner,
contre mon goût, mon cœur, ma raison, ma
volonté même, uniquement par faiblesse, par
honte de marquer de la défiance, et comme
on dit dans ce pays-là, *per non parer troppo
coglione*. La *Padoana*, chez qui nous allâmes, était d'une assez jolie figure, belle même,
mais non pas d'une beauté qui me plût, Dominique me laissa chez elle.

Je fis venir des sorbetti, je la fis chanter, et
au bout d'une demi-heure je voulus m'en
aller en laissant sur la table un ducat; mais
elle eut le singulier scrupule de n'en vouloir
point qu'elle ne l'eût gagné, et moi la singu-
lière bêtise de lever son scrupule. Je m'en
revins au palais si persuadé que j'étais poivré,
que la première chose que je fis, en arrivant,
fut d'envoyer chercher un chirurgien pour
lui demander des tisanes.

Rien ne peut égaler le malaise d'esprit que
je souffris durant trois semaines, sans qu'aucune incommodité réelle, aucun signe appa-
rent le justifiât. Je ne pus concevoir qu'on
pût sortir impunément des bras de la Padoana.
Le chirurgien lui-même eut toute la peine
imaginable à me rassurer. Il n'en put venir à
bout qu'en me persuadant que j'étais conformé d'une façon particulière à ne pouvoir
pas aisément être infecté, et quoique je me
sois moins exposé peut-être qu'aucun homme
à cette expérience, ma santé de ce côté m'est
une preuve que le chirurgien avait raison.

Cette opinion cependant ne m'a jamais rendu téméraire, et si je tiens en effet cet avantage de la nature, je puis dire que je n'en ai pas abusé.

Mon autre aventure, quoique avec une fille aussi, fut d'une espèce bien différente, et quant à son origine et quant à ses effets.

J'ai dit que le capitaine Olivet m'avait donné à dîner sur son bord, et que j'y avais mené le secrétaire d'Espagne. Je m'attendais au salut du canon. L'équipage nous reçut en haie ; mais il n'y eut pas une amorce brûlée ; ce qui me mortifia beaucoup, à cause de Carrio que je vis en être un peu piqué ; et il était vrai que sur les vaisseaux marchands on accordait le salut du canon à des gens qui ne nous valaient certainement pas : d'ailleurs, je croyais avoir mérité quelque distinction du capitaine. Je ne puis me déguiser, parce que cela m'est toujours impossible ; et quoique le dîner fût très bon et qu'Olivet en fît très bien les honneurs, je le commençai de mauvaise humeur, mangeant peu et parlant encore moins.

A la première santé, du moins, j'attendais une salve : rien. Carrio, qui me lisait dans l'âme, riait de me voir grogner comme un enfant. Au tiers du dîner, je vois approcher une gondole.

— Ma foi, Monsieur, me dit le capitaine, prenez garde à vous, voici l'ennemi.

Je lui demande ce que cela veut dire : il me répond en plaisantant. La gondole aborde, et je vois sortir une jeune femme éblouissante, fort coquettement mise et fort leste, qui dans trois sauts fut dans la chambre ; et je la vis établie à côté de moi avant que j'eusse aperçu qu'on y avait mis un couvert.

Elle était aussi charmante que vive, une brunette de vingt ans au plus. Elle ne parlait qu'italien ; son accent seul eût suffi pour me tourner la tête.

Tout en mangeant, tout en causant, elle me regarde, me fixe un moment, puis s'écriant :

— Bonne Vierge ! Ah ! mon cher Brémond, qu'il y a longtemps que je ne t'ai vu ! Elle se jette entre mes bras, colle sa bouche contre la mienne, et me serre à m'étouffer.

Ses grands yeux noirs à l'orientale lançaient dans mon cœur des traits de feu ; et quoique la surprise fît d'abord quelque diversion, la volupté me gagna très rapidement, au point que, malgré les spectateurs, il fallut bien que cette belle me contînt elle-même ; car j'étais ivre ou plutôt furieux.

Quand elle me vit au point où elle me voulait, elle mit plus de modération non dans ses caresses, mais dans sa vivacité ; et quand il lui plut de nous expliquer la cause vraie ou fausse de toute cette pétulance, elle me dit que je ressemblais, à s'y tromper, à M. de Brémond, directeur des douanes de Toscane ; qu'elle avait raffolé de ce M. de Brémond ; qu'elle en raffolait encore ; qu'elle l'avait quitté parce qu'elle était une sotte ; qu'elle me prenait à sa place ; qu'elle voulait m'aimer parce que cela lui convenait ; qu'il fallait, par la même raison, que je l'aimasse tant que cela lui conviendrait ; et que, quand elle me planterait là, je prendrais patience comme avait fait son cher Brémond.

Ce qui fut dit fut fait. Elle prit possession de moi comme d'un homme à elle, me donnait à garder ses gants, son éventail, son *cinda*, sa coiffe; m'ordonnait d'aller ici où là, de faire ceci ou cela, et j'obéissais. Elle me dit d'aller renvoyer sa gondole, parce qu'elle voulait se servir de la mienne, et j'y fus; elle me dit de m'ôter de ma place, et de prier Carrio de s'y mettre, parce qu'elle avait à lui parler, et je le fis. Ils causèrent très longtemps ensemble et tout bas; je les laissai faire. Elle m'appela, je revins.

— Écoute, Zanetto, me dit-elle, je ne veux pas être aimée à la française, et même il n'y ferait pas bon : au premier moment d'ennui, va-t'en. Mais ne reste pas à demi, je t'en avertis.

Nous allâmes après le dîner voir la verrerie à Murano. Elle acheta beaucoup de petites breloques, qu'elle nous laissa payer sans façon ; mais elle donna partout des tringuet-

tes beaucoup plus fort que tout ce que nous
avions dépensé. Par l'indifférence avec laquelle
elle jetait son argent et nous laissait jeter le
nôtre, on voyait qu'il n'était d'aucun prix
pour elle. Quand elle se faisait payer, je crois
que c'était par vanité plus que par avarice :
elle s'applaudissait du prix qu'on mettait à
ses faveurs.

Le soir, nous la ramenâmes chez elle. Tout
en causant, je vis deux pistolets sur sa toi-
lette.

— Ah ! ah ! dis-je en en prenant un, voici
une boîte à mouches de nouvelle fabrique ;
pourrait-on savoir quel en est l'usage ? Je
vous connais d'autres armes qui font feu
mieux que celles-là.

Après quelques plaisanteries sur le même
ton, elle nous dit avec une naïve fierté qui la
rendait encore plus charmante :

— Quand j'ai des bontés pour les gens que
je n'aime point, je leur fais payer l'ennui
qu'ils me donnent ; rien n'est plus juste : mais
en endurant leurs caresses, je ne veux pas

endurer leurs insultes, et je ne manquerai pas le premier qui me manquera.

En la quittant, j'avais pris son heure pour le lendemain. Je ne la fis pas attendre. Je la trouvai *in vestito di confidenza*, dans un déshabillé plus que galant, qu'on ne connaît que dans les pays méridionaux, et que je ne m'amuserai pas à décrire, quoique je me le rappelle trop bien. Je dirai seulement que ses manchettes et son tour de gorge étaient bordés d'un fil de soie garni de pompon couleur de rose. Cela me parait animer fort une belle peau. Je vis ensuite que c'était la mode à Venise ; et l'effet en est si charmant que je suis surpris que cette mode n'ait jamais passé en France. Je n'avais point d'idée des voluptés qui m'attendaient. J'ai parlé de madame de Larnage, dans les transports que son souvenir me rend quelquefois encore ; mais qu'elle était vieille, et laide, et froide auprès de Julietta ! Ne tâchez pas d'imaginer les charmes et les grâces de cette fille enchanteresse, vous resteriez trop loin de la vérité ; les jeunes vierges des cloîtres sont moins fraîches, les beautés du sérail sont moins vives, les houris du paradis sont moins piquantes. Jamais si douce jouissance ne s'offrit au cœur et aux sens d'un mortel. Ah ! du moins, si je l'avais su goûter pleine et entière un seul instant !...

Au moment que j'étais prêt à me pâmer sur une gorge qui semblait pour la première fois souffrir la bouche et la main d'un homme, je m'aperçus qu'elle avait un téton borgne. Je me frappe, j'examine, je crois voir que ce téton n'est pas conformé comme l'autre. Me voilà cherchant dans ma tête comment on peut avoir un téton borgne ; et, persuadé que cela tenait à quelque notable vice naturel, à force de tourner et retourner cette idée, je vis clair comme le jour que dans la plus charmante personne dont je pusse me former l'image, je ne tenais dans mes bras qu'une espèce de monstre, le rebut de la nature, des hommes et de l'amour. Je poussai la stupidité jusqu'à lui parler de ce téton borgne. Elle prit d'abord la chose en plaisantant, et, dans son humeur folâtre, dit et fit des choses à me faire mourir d'amour. Mais, gardant un fond d'inquiétude que je ne pus lui cacher, je la vis rougir, se rajuster, se redresser, et, sans dire un seul mot, s'aller mettre à la fenêtre. Je voulus m'y mettre à côté d'elle; elle s'en ôta, fut s'asseoir sur un lit de repos, se leva le moment d'après ; et, se promenant par la chambre en s'éventant, me dit d'un ton froid et dédaigneux : Zanetto, *lascia le donne, è studia la matematica*.

Avant de la quitter, je lui demandai le lendemain un autre rendez-vous, qu'elle remit au troisième jour, en ajoutant, avec un sourire ironique, que je devais avoir besoin de repos. Je passai ce temps mal à mon aise, le cœur plein de charmes et de grâces, sentant mon extravagance, me la reprochant, regrettant les moments si mal employés, qu'il n'avait tenu qu'à moi de rendre les plus doux de ma vie. Je courus, je volai chez elle à l'heure dite. Je ne sais si son tempérament ardent eût été plus content de cette visite; son orgueil l'eût été du moins, et je me faisais d'avance une jouissance délicieuse de lui montrer, de toutes manières, comment je savais réparer mes torts. Elle m'épargna cette épreuve. Le gondolier, qu'en abordant j'envoyai chez elle, me rapporta qu'elle était partie la veille pour Florence.

JEAN-JACQUES ROUSSEAU.

VI

LE SENTIER BATTU

ELUI-LÀ n'est pas sage, qui s'habitue à railler les autres et à les agacer de paroles. Tôt ou tard, il en éprouvera honte et chagrin. Ceux qu'on a voulu ridiculiser se vengent dès qu'ils en trouvent l'occasion et alors les traits qu'a lancés le railleur retournent contre lui. Écoutez à ce propos une aventure qu'on m'a contée.

On avait annoncé un tournoi entre Athie et Péronne. Déjà plusieurs chevaliers et des dames même s'y étaient rendus, les uns pour jouter, les autres pour jouir du spectacle ; et, en attendant l'ouverture des jeux, ils cherchaient à s'amuser. Un soir qu'ils se trouvaient ensemble et que la compagnie était en gaieté, quelqu'un proposa de jouer au *roi qui ne ment*. La proposition ayant été agréée d'une voix unanime, et les hommes par courtoisie ayant préféré une reine, ils choisirent pour ce rôle une jeune femme éveillée, maligne, et d'autant plus propre à le remplir, qu'elle avait de l'esprit et parlait bien.

D'abord la dame, en sa qualité de reine, commença par intimer à ses sujets différents ordres. Puis, s'avançant successivement vers les joueurs, elle fit à chacun d'eux une question telle que la compagnie pût en être amusée. Enfin elle vint à un chevalier qui l'avait aimée, et qui même, l'année d'auparavant, l'avait demandée en mariage ; mais, à sa mine chétive, elle n'avait pas voulu de lui. Elle se mit à rire, et lui demanda si jamais il avait eu un enfant. Lui, obligé de dire la vérité, répondit naïvement qu'il n'osait s'en vanter et n'avait aucune raison pour le croire.

— Je le pense comme vous, répliqua la dame, car, à voir la tige du blé, on se doute sans peine que l'épi est vide.

A ces mots et sans plus attendre, la dame passa vers un autre joueur ; toute l'assemblée partit d'un éclat de rire, et l'on se divertit quelque temps aux dépens du pauvre chevalier.

Mais attendez la fin.

La reine, en effet, après avoir fini sa ronde, était obligée de se présenter de nouveau devant chacun des joueurs pour être questionnée par eux à son tour. Elle vint donc de nouveau devant le chevalier, qui la loua sur sa belle chevelure.

— Mais l'autre ? dit-il.

— L'autre ? je n'en ai point, dit la demoiselle.

— Je vous en crois, répondit le chevalier, car dans sentiers battus il ne pousse point d'herbe.

TRADUIT D'UN CONTEUR DU XIVᵉ SIÈCLE.

VII

PLAISANTES ANECDOTES

MENUS PROPOS

ENRI IV a eu une quantité étrange
de maîtresses ; il n'était pourtant
pas grand abatteur de bois ; aussi
était-il toujours cocu. Madame de
Verneuil l'appela un jour *capitaine Bon-Vou-
loir*, et une autre fois, car elle le grondait
cruellement, elle lui dit que bien lui prenait
d'être roi, que sans cela on ne le pourrait
souffrir, et qu'il puait comme charogne. Elle

disait vrai : il avait les pieds et le gousset fins,
et quand la feue reine mère coucha avec lui la
première fois, quelque bien garnie qu'elle fût
d'essences de son pays, elle ne laissa pas que
d'en être terriblement parfumée. Le feu roi
Louis XIII, pensant faire le bon compagnon,
disait :

— Je tiens de mon père, moi, je sens le
gousset.

***

Quand on produisit à Henri IV la belle
courtisane *La Fanuche*, qu'on lui faisait passer
pour pucelle, il trouva le chemin assez frayé,
et il se mit à siffler :

— Que veut dire cela ? lui dit-elle.

— C'est, répondit-il, que j'appelle ceux qui
ont passé par ici.

* *

Quand le connétable de Castille vint à Paris, Henri IV le fit traiter, et le connétable de France était vis-à-vis de lui ; chaque Espagnol avait ainsi un Français de l'autre côté de la table. Un Espagnol, qui était vis-à-vis du maréchal de Roquelaure, faisait de gros rots en disant :

— La santé du cœur, Monsieur le maréchal.

Le maréchal s'ennuya de cela, et tout d'un coup, comme l'autre réitérait, il tourne le c.., et lui fait un gros pet, en disant :

— La santé du c.., monsieur l'Espagnol.

* *

Une nuit, M. de Bellegarde eut une forte colique venteuse ; il appela ses gens et se mit à se promener, et, en se promenant, il petait.

Yvrande, garçon d'esprit, qui était à son service, vint comme les autres, mais il se cacha.
M. de Bellegarde l'aperçut à la fin :

— Ah ! vous voilà, lui dit-il. Y a-t-il longtemps que vous êtes ici ?

— Dès le premier, Monsieur, dès le premier.

*
* *

Un père de l'Oratoire, passant un jour par
un couvent de carmélites, se plaignit de ne
pas recevoir bon accueil. Comme il était de
grande famille, la supérieure voulut réparer
sa maladresse, mais il y eut bien du mystère
pour avoir la clef de la grille et, après, pour
lever le voile. Enfin, elle le leva.

— Vraiment ma mère, lui dit-il la trouvant
fort jaune, il fallait bien faire tant de cérémonie pour montrer ce visage d'omelette.
Baissez, ma mère, baissez votre voile.

Et il lui tourna le dos.

* *

Un gentilhomme gascon, nommé Salignac, devint éperdument amoureux de Marguerite de Valois, mais elle ne l'aimait point. Un jour, comme il lui reprochait son ingratitude :

— Or çà, lui dit-elle, que feriez-vous pour me témoigner votre amour ?

— Il n'y a rien que je ne fisse, répondit-il.

— Prendriez-vous bien du poison ?

— Oui, pourvu que vous me permissiez d'expirer à vos pieds.

— Je le veux, reprit-elle.

On prend jour ; elle lui fait préparer une bonne médecine fort laxative. Il l'avale, et elle l'enferme dans un cabinet, après lui avoir juré de venir avant que le poison opérât.

Elle le laissa là deux bonnes heures, et la médecine opéra si bien que, quand on vint lui ouvrir, personne ne pouvait durer autour de lui.

*
* *

Le poëte Malherbe était très frileux. Un jour qu'il faisait un grand froid, il ne se contenta pas de se bien garnir de chemisettes, il étendit encore sur sa fenêtre trois ou quatre aunes de frise verte, en disant :

— Je pense qu'il est avis à ce froid que je n'ai plus de quoi faire des chemisettes, je lui montrerai bien que si.

En ce même hiver, il mettait une telle quantité de bas, presque tous noirs, que, pour n'en pas mettre plus à une jambe qu'à l'autre, à mesure qu'il mettait un bas, il mettait un jeton dans une écuelle. Racan lui conseilla de mettre une lettre de soie de couleur à chacun de ses bas, et de les chausser par ordre alphabétique. Il le fit, et le lendemain il dit à Racan :

— J'en suis à l'L, pour dire qu'il avait autant de paires de bas qu'il y avait de lettres jusqu'à celle-là.

Quand les pauvres lui disaient qu'ils prie-
raient Dieu pour lui, il leur répondait qu'il ne
croyait pas qu'ils eussent grand crédit auprès
de Dieu, vu le pitoyable état où il les laissait,
et qu'il eût mieux aimé que M. de Luynes ou
M. le surintendant lui eussent fait cette pro-
messe.

TALLEMANT DES RÉAUX.

TABLE

CORBEIL. — IMPRIMERIE B. RENAUDET.

9 782329 222417